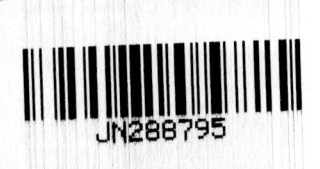

革命的ロマン主義

泉舘　朋子

hearts & words

Poems & Illustrations by Tomoko Izumidachi

Design + DTP by Tomoko Izumidachi

CONTENTS

（次から次へと押し寄せる難問に）　···　9

（どうなんでしょう　生きていくのは）　···　10

（虚勢ははりたくないので）　···　12

エスケープ　···　14

（ごはんをバクバク食べる）　···　16

春　···　18

新緑　···　20

（私の頭は常に最大限に回転しつづけている、）　···　22

大人になった証拠に私は　···　24

Ideas　···　26

詩人の称号　···　29

（何を望んでる……？）　···　32

（私は叫びが何かを知ってる、）　···　33

（それを彼女はどうするか）　···　34

諦め　···　36

墜落死　···　38

みんなねてる　···　40

絶望　···　42

（何を望んでるかもわからずに）　···　44

Wonder／不思議　···　46, 47

会話　···　49

偽り　···　50

(うちひしがれて　鎖につながれてる)　・・・　51

(どんなにつらくても、)　・・・　52

A Happy Person　・・・　54

Evening Sky／夕空　・・・　56, 57

(なんだかもっとちがうものがあっていい)　・・・　58

世界を把握するのは　・・・　60

Sourire　スーリール　・・・　62

言葉とオレンジ　・・・　64

(私は植物を見るように、)　・・・　66

CREATIVITY　・・・　68

(愛情が大きすぎるって　あなたは言うんです)　・・・　70

鳥　・・・　72

(彼女はすべての感覚器官を全開にして)　・・・　74

(蒸留しようと思ってる)　・・・　77

愛情のエネルギー　・・・　78

(・・・・・・どこにいても雨は降る)　・・・　80

Tension　・・・　82

(コントロールできない)　・・・　84

革命的ロマン主義　・・・　86

HONESTY　・・・　90

雪　・・・　92

Nature　・・・　93

(つい先日まで　いいものがどこかにあるかもしれないって)　···　94

日曜の川辺　···　96

(最近　お金が紙きれに見えてしまう)　···　99

AMAZED　···　100

(つまらない既成概念にとらわれたまま)　···　102

それだけのこと　＜絶対主義＞　···　104

(彼女はきれいなコートを着て)　···　106

(悲しいことばかりだと)　···　108

(人間であることが悲しいと)　···　110

(私を動かしているものが)　···　112

Life　···　115

LIGHT　···　117

夢みるどうぶつ　···　118

(つららの一片　かな)　···　120

(感じないのが得　なんて)　···　122

The Sun & The Moon　···　124

(どうぶつのこころに)　···　131

この詩集の背景　···　133

革命的ロマン主義

次から次へと押し寄せる難問に
答えが見つからず
押し流されていく日々

明るく晴れた空
すべてがゆっくりと間違った方向へ
向かっているように　思えるとき

いまだつづく静かな騒乱が
おだやかにかき消していく　小さな声たち

そこに真実があると思うなら
力のあるうちに
天に向かって叫ぶがいい！

どうなんでしょう
生きていくのは
あまりになんでもかんでもが　ドタバタしながら
通りすぎていってしまうので
最近はもう眠いだけ
気力は萎え　頭はうなだれ

どうなんでしょう
希望というのは
まだどこかに探せるのでしょうか
人も街も廃墟と化し
海もいずれ枯れるこの世界で？

グッタリとして目を覚まし
今日も出かけていく
朝の光がきれいだと
また踏み出していく

それが人の性《さが》というなら
つらくても
目をそらしてはいけない

虚勢ははりたくないので
本当の心さらして歩いていたら
みんなやっぱり嫌がるだろうか

適当にお化粧するのが礼儀です
という言い方もある
だけど私は
ガラスみたいにヒビが入ろうと
真実であるほうがいいんだ

今はまだ古い人たちが　しゃなりしゃなりしているが
とどのつまり　最終局面では
真実以外　勝者はない

エスケープ

世間話　気の抜けた冗談
社交辞令　笑顔であいづち

そうした社会の必須科目を
私はエスケープする

ビュンビュンと飛んでいってしまう
なにしろこんなに天気はよいのだ

ごはんをバクバク食べる
大声で歌を歌いまくる
またまたいくつかのことがわかって
私は今有頂天なわけだ
それがいつまで続くかは　わかんないんだけどね?!

春

なにはともあれ春は来た
窓から春はあざやかに見えるのだった
薄暗い部屋でうつむいていた　白くくすんだ顔をあげたとき
草の緑は青々と
木々の葉の芽はふっくらと
私の目をやわらげてくれるのだった

雨上がりの空は灰色
だけど昨晩からの雨に洗われたての緑は
その本当の色と水滴のつややかさでもって
私の心に沁みてくるのであった

なにはともあれ春は来た
私は小さなためいきをつく
花が咲いてる
空気は控えめながらうきうきと生暖かい
もうすぐ日も照ってくるだろう……

新緑

草の緑は　青青だ
木々の若葉は　青青だ

緑はあふれる、緑はしたたる
緑はこぼれる、したたりおちる

日に輝いてきらめいて
文句なしの美しさ！　この世一番の美しさ！

一年間眠ってた感覚をよびさます、
新緑は希望の色、
新緑は歓びの色。

私の頭は常に最大限に回転しつづけている、
それを止めることはできない

私の目は常に最大限に見開かれている、
それを閉じることはできない

それらを止めたり閉じたりしようとすると
私の体は壊れてしまう
私は壊れたロボットみたいになってしまう
部屋の片隅に片付けられる
白いシーツをかぶせられる

大人になった証拠に私は

大人になった証拠に私は、
滅多に笑わなくなった
大人になった証拠に私は、
計算が上手になった
大人になった証拠に私は、
まわり道をしなくなった
大人になった証拠に私は、
花に水をやるようになった

大人になった証拠に私は、
混乱することが少なくなった
大人になった証拠に私は、
落ち着いて人と話せるようになった
大人になった証拠に私は、
落ち着いて黙っていられるようになった
大人になった証拠に私は、
ゆっくりと一人でいられるようになった

大人になった証拠に私は、

好きなだけ星をながめられるようになった
大人になった証拠に私は、
好きに飛びまわれるようになった……

Ideas

あなたの瞳を　バラが花開くように
見開かせてあげましょう
私は人をびっくりさせるのが　とても上手なんですよ

真実とイマジネーション。

hearts & words

革命的ロマン主義

自然と本能。きっとあなたも、
「革命的ロマン主義」。

この本をお買い上げいただきまして、ありがとうございました。また次の本を作ったり、なにかを発表したりといったことがありましたら、お知らせさせていただきますので、よろしければ「読者カード」にご記入いただき、切り取り、切手貼りつけの上投函ください。
HPからも同様の登録ができます。
-----> http://www.hearts-words.jp
メールを tom@hearts-words.jp までお送りいただいても結構です。
よろしくお願いいたします。

また、この本をお取り扱いいただける書店がありましたら、ぜひご紹介いただけますようお願いいたします。

hearts & words
泉舘　朋子

何を望んでる……？
いつも頭が一杯で　涙がこぼれてしまう

叫びだ！
叫べ！
思うなり叫べ！

私は叫びが何かを知ってる、
ひきちぎれるような想いをおまえは知ってるか？

私は知ってる、
それ以上のものがこの世にあろうか？

理由なんていらない、
感情よ、輝け！

それを彼女はどうするか
———ゴミ箱へ捨ててしまう
彼女が評価できるのはすっかり行き届いた安物の宝石だけなのだ
具体的なガラクタだけなのだ

諦め

時計の針は刻々と、
物憂い三時を打とうとしてる
晴れた日の午後の空白には
私はふとすべてを投げ出したくなる

今までの自分がやってきたことには何の甲斐もなく
ただ一人意地をはってきただけのように思い
すべて物事には何の意味もなく
唯一信じてたものまでも疑いはじめる

そして日頃避けて通っている周囲の人々と同じ風景に
弱々しくも溶けこんでしまいそうな
大人しくうちひしがれた自分の姿をみつける

時計はゆっくりと三時に近づく

———なぜ　あきらめなくてはならないのだろうか？

墜落死

白昼堂々
彼女は自殺を遂げた
駅前のビルの上から飛び降りた

彼女の上にはシートがかぶせてあり
その傍らに男と女の警備員が立っていた
ビルの人たちとおぼしき人々が歩道を水で洗い流していた……

しばらくそのままだった
通りがかった人たちは少しの間足をとめ
その中の何人かはそのままそこにとどまっていた

やがて救急車がきて
彼女はシートを上にかぶったまま
二人の人に腕と脚を吊られて運ばれた
彼女の体はシートの下からダラリとくの字に下がり
頭から少し血がこぼれた
その時私は彼女が女性であり
赤いワンピースを着ていることを知った……

———正確に言えば、
彼女は自殺したのか　事故死したのか
私は知らないのだった
だけど自殺したんじゃないかと思う

救急車がその場を去るとき、
ビルの人がせわしげな手つきで塩をまいていた……

みんなねてる

電車の中　見渡せば
みんなねてる
街の中　見渡せば
みんなねてる
教室の中　見渡せば
みんなねてる
会社の中　見渡せば
みんなねてる
店の中　見渡せば
みんなねてる
家の中　見渡せば
みんなねてる
テレビの中　見渡せば
みんなねてる
本の中　見渡せば
みんなねてる

目を開けてる勇気がない

絶望

絶望に勝てるものはどこにもない
絶望はまわりのものを手当たり次第に破壊してしまう
ちぎれる涙を流しながら
かすかな希望も
小さなやさしい思い出も
こなごなにしてしまう

絶望は声をふりしぼって叫ぶ、
“だれか助けてくれ！”と

絶望は自制かなわず暴走しつづける
耳元に響くすさまじい轟音
暴走する絶望の頭をよぎるのは
恋い焦がれてた愛情のこと……

――――絶望は絶望を望んでやしない――――

絶望は愛情を欲しているが
愛情は絶望のあまりの深さにおびえて
近づくことができないのだ

何を望んでるかもわからずに
遠くばかりを見つめてしまうんだ
その遠く走る視線の先は　青い山々か
光る海か　緑の木々か
静かで深いまだ見ぬ人か

私の視線を吸収してくれ！

Wonder

Why am I speaking words?
Why am I watching the news on TV?

Smile anyhow when spoken to
And make small talk

Without particularly wanting to
Somehow I'm still connected.

A wonder, like a flower blooming
A wonder, like time passing.

不思議

なぜ　私は言葉をしゃべってるんだろうか
なぜ　私はＴＶでニュースを見てるんだろうか

声をかけられればとりあえず笑顔をつくり
なんでもないようなことを話したりするわけで

特に望むこともしなくなった今でも
とりあえずつながってるってわけなんだ

花が咲くのが　不思議なように
時が流れるのが　不思議なように

会話

私は彼と喫茶店で　一時間話をした
時おり笑い声もたてた
しかし　彼が口から出した唯一の真実の言葉は
店を出ようと立ち上がるときもらしてしまった
「あーあ」
というためいきだけだった

偽り

ＡＶ＆ＢＯＯＫＳ？
そんな店で店番してるやつは何考えてる？

犬が吠えてる、
キャン　キャン、
キャン　キャン、
それは *real* だ。
そこだけは *real* だ。

うちひしがれて　鎖につながれてる
心ない主人に飼われてる犬みたいだ
———それで幸せなのか？
しかもその鎖は全く必然性のないものなんだぜ

どんなにつらくても、
―――もう少しだ、

どんなに苦しくても、
―――もうすぐだ、

信じること！
信じること！
信じること！
信じること！

あの人たちが　あそこで
手を振ってくれている！

A Happy Person

彼女は　きれいな言葉を話した
花を見てるだけで幸せだと言った
柔らかく笑った

彼女の髪とスカートはつつましく風になびいた
黄色いチューリップ
ピンクのバラ
明るい色がうち混じり
その微笑みは　あくまで彼女自身であった……

Evening Sky

In tangerine evening sky,
I forget – everything today has brought.

Wide spread before my eyes
the sky lights buildings high, and all
equally in tangerine, so easily.

Because the wind,
grasses wave, clouds flow
Yeah, it's alright
You can come running, we can stand hushed

Deep, immersed, hearts alight in tangerine.

夕空

オレンジ色の空の中で、
忘れた。今日一日にあったこと

目の先に　空は大きく広がっていて
大きなビルでもなんでも　事もなく平等に
オレンジ色に照らしているのだった

風があるから
草はなびく　雲は流れる
やあ、なんてことはない
駆け出したって　突っ立ってたって

感じ入るなら　心もオレンジ色に照らされる

なんだかもっとちがうものがあっていい
見たことのない何か
胸のすくような　新しい何かが

世界を把握するのは

世界を把握するのは
広い空間と自由な時間を
手に入れたいから
だからどんなに傷ついたって
続ける値打ちがある

なぜ　川は海へと注ぐのですか
なぜ　空は青いのですか
なぜ　人は愚かなのですか
なぜ　人は不幸なのですか
なぜ　世界は不完全なのですか
なぜ　木々は美しいのですか
なぜ　動物は美しいのですか
なぜ　輝いて見える瞬間が存在するのですか

Question Question Question……

Sourire　　スーリール

あの頃
私はあなたを見ると笑った
あなたも　私を見ると笑った
階段の踊り場や
風吹きそよぐ渡り廊下で

わたしはあなたを見て
うれしくて笑った
あなたも私を見て
うれしくて笑った
そしてそれだけで十分だったのです

私はあなたとあまり言葉を交わさなかったけれど
あなたのことを理解（わか）っていました
きっとあなたも　そうだったでしょう

それは自然なことでした
押さえつけることもなく
愛があふれて　にっこりする

それは慈愛のエッセンス
緑の葉っぱがそよぐよに　あたりは楽しくさざめいていて
それは最も美しい感情なのですよ

十分に味わい尽くして
私は今でもそれを　その時そのままに思い出せるのですよ
だから今でも幸せな気持ちに
ひたることができるのですよ
うれしい気持ちに　なれるのですよ

言葉とオレンジ

言うべき言葉がなくなって　沈黙する
オレンジを思い浮かべる
みずみずしいオレンジ色
ごてごてした皮
さわやかなにおい
思い浮かべていると　彼らの冷たい視線
会話は中断していた
どうしてもうまくいかない
言葉はそれほど重要なのだろうか

私は植物を見るように、
そこにいる人々のその一人一人を
鑑賞した

みんなサボテンだった

ひょろ長いのや　ず太いのや
腐れそうなのや　花を咲かせてるのもいたけれど

私みたいに樹液を流してるのは
一人もいなかった

CREATIVITY

言やいいってもんじゃない
書きゃいいってもんじゃない
作りゃいいってもんじゃない
そして悪いことに
考えりゃいいってもんでもないんだ

今私に言えるのはこれだけ、
しゃべるためにしゃべるな！
書くために書くな！
作るために作るな！
考えるために考えるな！

———私はしゃべるためにしゃべることしか、
　　　書くために書くことしか、
　　　作るために作ることしか、
　　　考えるために考えることしかできないんです、
　　　どうしたらよいでしょうか？

おまえの面倒なんか見てられるかい！

そのへんにすっこんでな！

CREATIVITY = ORIGINALITY,

ORIGINALITY

腹の底からわきあがってるか、
アイデアで頭が爆発しそうか、
叫びで胸がはりさけそうか、
奇抜さじゃない、
自分の体そのものから発せられてるかってことだ

自分の体を、心を知れ！
叫びをもってる者だけが叫べ！

愛情が大きすぎるって　あなたは言うんです
———確かにあんたに引き受けられやしないだろうよ———
だけど　それじゃ
愛情が大きいのはいけないことなんですか？

小さなこま切れで満足するのが正しいとは思えない
自ら窒息してしまって　どうするんだい
ちぢこまることはない
大きな翼をもつ者は　思いきり大きく広げるがいい

他のすべての者がうつむいていたって
大きな翼を思いきり広げて
鮮やかに滑空して見せよ
望む力をもつ者は　望め！　望め！
望みつづけよ！

鳥

鳥みたいに　俯瞰してごらん
すべてを見渡してごらん
ずっと上のほうから
ずっと地上から離れて

世界はなんて有限なんだろう
街も　森も
芸術も　文明も
きみの脳も
人の優しさも
国も　海も　歴史も
空さえも

だけど　涙は流さないで
おぼえておいて
それだけじゃないってことを
それだけじゃないってことを

彼女はすべての感覚器官を全開にして
ありとあらゆる空間を飛びまわった
体中傷だらけにして、途方もない時間を費して
ついに得た答えに　彼女はバラのようににっこりと微笑んだ
それがこんなにも美しく　安らかなものであったから……

蒸留しようと思ってる
本当に大切なことだけを
透明で一つの曇りもない三角フラスコに

愛情のエネルギー

朝の光の美しさ
その同じ美しさを持つものが愛情であって
それをたくさんもっているほど
人は美しい

どこにいても雨は降る

どこにいても虹は出る

Tension

tension = energy,
正しくエネルギーを吐き出せ！

tension = concentration,
集中力をすべて注ぎ込める正しい対象を手に入れろ！

コントロールできない

すぐにつんのめったり
むきになってあわてふためいたり
とんでもない方向へ走っていってしまったりする

そばにだれもいてくれないから
どこまで行けばいいのか　わからないんだよ———

革命的ロマン主義

——ああ、思いきってやれ、バディ！

J.D.Salinger “Seymour An Introduction” ＊

とてもつらいのはわかる、
周りにだれもいないんだから———
とても苦しんでるのはわかる、
力をそがれるようなことばかりなんだから———
立ち尽くしてしまうのはわかる、
目指すものがどこにもないんだから———

知ってるよ、
いつも嵐なんだ
ひどい風や雨に打ちつけられて
混乱させられてばかりなんだ
空は暗くて　冷たくて
これからどうなるか全くわからないんだ
いつか日が射す時がくるのか
それさえもわからないんだ———

手はかぢかんでしまってる

体はぎしぎしきしんでいる
口は　また繰り返される不毛を恐れ
開くのをためらって小刻みに震えている……
希望が見つからない！
どこにも希望が見つからない！―――

それでも私は言う、

何を迷ってるのさ、
きみにはとても大きな情熱がある、
どうしたって止めることはできない、
それが一番重要なことだろ

―――思いきってやってみなよ！

失敗するかもしれない、
無駄に終わるかもしれない、
だけど　きみの中にあるその情熱、
その存在はどうしようもない事実なんだ
そしてそれが
だれがなんて言ったって一番重要なことだよ

その情熱を宿せることがどれほど幸せなことか！
そして仲間はここにいるんだ

———さあ、思いきってやってみなよ！

今を最善に生きるしかないんだ、
できることをやるしかない
保険のことなんか忘れちまえ！
かまうもんか！

＊

きみが動けば
きっと世界はよくなっていくよ！

（＊「シーモア—序章—」 J.D. サリンジャー　井上謙治訳）

HONESTY

常に　一瞬の切れ目もなく
正直でいられたらどんなにいいだろう

誰といてもごまかさない
誰といても笑顔をつくらない
頭にあることをそのまま言うんだ
「今日の服はあまり似合ってないね」
「なんでそんなに早口でしゃべるの？」
「私はあなたのそういうところが嫌いです」
それはイヤミでも皮肉でもいじわるでもなく
思いやりの気持ちで言うんだ

そしたら　心はいつも青空みたいだろうな
泣いたりすることもなくなるだろうな
みんながみんなわかり合って仲良くなれるだろうな

常に　一瞬の切れ目もなく
正直でいられたらどんなにいいだろう

正直に　食事はつくることができるはずだ
正直に　髪の毛を洗うことはできるはずだ
正直に　電車を待つことはできるはずだ
正直に　パンを焼くことはできるはずだ
正直に　ＣＭをつくることはできるはずだ
正直に　自動車を売ることはできるはずだ
正直に　結婚式を挙げることはできるはずだ
正直に　世間話をすることはできるはずだ
正直に　歌をつくることはできるはずだ
正直に　子どもを育てることはできるはずだ
正直に　政治をすることはできるはずだ
正直に　大人でいることはできるはずだ……

雪

雪は白く照らす
あなたの顔を
私の心を

雪はくっきり映し出す
私の顔を
あなたの心を

雪の前では　うそはつけない
雪の前では　うそはつけない

みんな本当の心になる

Nature

月日は
あたりまえに過ぎる

朝は
あたりまえに来る

星は
あたりまえに輝く

結果は
あたりまえに出る

生きものは
あたりまえに死ぬ

ほんとの恋は
あたりまえに育つ

何にも
難しくはないさ

つい先日まで　いいものがどこかにあるかもしれないって
キョロキョロしてました
なんでもかんでも追い回してました
それが10年以上も続いてました

だけどこないだ
それがパタリと止んで
私の目は
すべてを突き抜けるようになってしまいました
あんまり　だまされてばかりだったので
あんまり　がっかりさせられどおしだったので

私の目は　もう
山や川や海や空しか
見えない目になったのです

私の目は　もう
犬や猫や鳥や魚しか
見えない目になったのです

日曜の川辺

10月の日曜の午前
あまりの気持ちよさに　川辺をスクーターで走る
居心地よさそうな場所を見つけて　本を読むつもりだったんだ

だけどそこに座ってみると
川の中洲に渡り鳥はたくさんきてるし
草むらに虫はガサゴソしてるし
魚は時折飛びはねるしで
しばらく鑑賞していたよ

水の流れはとても静か
川底が見える
空はおだやかな晴れ方
鳥の鳴く声が聞こえてくる

ああいいなって　思っていたら
そこをタタタッて音をたてて
ノラの子犬が私の前を走っていった
あわてて呼んだけどふり向きもしなかった

きみは今まで人に話しかけられたことがあるの？
私はきみに　そばにいてほしかったのに……

最近
お金が紙きれに見えてしまう
いけないことなのか
どんどん純化されて　何もいらなくなったとき
———どうせもうなんでも来いだ
一体何が本当なんだろう？

楽に暮らせるということが
そんなにきらびやかなものでもないと
———むしろ灰をかぶったようなものでもあると
思う
最近

捨て身で生きている
これは一種の賭けなんだけれど

AMAZED

驚いたことに
みんなあんまりわかってないんですね

驚いたことに
みんなずいぶん不幸なんですね

驚いたことに
世界はまだ完全というものを見たことがないのですね

驚いたことに
同じことばかり繰り返してるんですね……

死ぬほど驚き　驚き尽くした揚句
それでも幸か不幸か生き残ったので
そういう者の果たすべき役目を
果たそうと思っているのです

つまらない既成概念にとらわれたまま
死んでしまう人もいる

世界一優秀なビジネスマンとホームレス？
アリと人間？
地球と金星？

そうたいして変わらないよ

それだけのこと　＜絶対主義＞

この絵はいい絵
それだけのこと

この人はいい人
それだけのこと

この通りは古い
それだけのこと

脚色も蛇足も要りゃあしない
うわさも値段も関係ない

そのものは一つ
真実は一つ

自分一人で感じるものさ

彼女はきれいなコートを着て
残忍な微笑を浮かべている
その言葉は凶器であり
その振るまいはことごとく破壊である

———人間はここまで邪悪になれるものなのだろうか？

悲しいことばかりだと
頭の回転が逆回転しはじめる

ずっと笑わないでいると
頭の回転が止まってしまう

定理１.

「愛のない世界では
すべてが無意味化する」

その光景がまさに今現実に
展開されているのだ……

人間であることが悲しいと
彼女は泣いた
生きているだけで
なぜこんなに悲しいことばかりなんだろう

鳥よりも高く飛んで
幸福な歌をうたっても
だれもよろこんではくれない

夢を見るのをやめて
息をとめて
それでお金をもらう
スーパーで食べものを買う

本当にわからない
なぜ幸福が　だれにもわからなくなったのか

私を動かしているものが
正解か　勘違いなのか
感じるから　苦しむので

不安を忘れてしまうほど
勢いよく歩いていこう
確かにある　この動力が切れるまで
なにがあろうと負けず
なにがあろうとあとずさらず

野越え山越え
心配事に青くなる人たちの顔　かまわずに
ずんずん行く
長い森を抜けたどこかで
不思議で明るい *chemistry* が
巻き起こらないとも限らない

Life

力尽き　倒れて
動けなくなってしまっても

神秘はまだ存在する
少しそのまま　じっとしてれば

一人になって
わいてくる力

足りないものをおぎなおうとして
生まれてくる言葉

地上で信じられる最良のもの
感謝して
十分に時間をかけて

ベクトルはどっちを向いてるか
もうすぐ羅針盤ができあがる

LIGHT

私のひらめきが　私の救い
私のひらめきが　私の光
私のひらめきが　私の喜び

私のひらめきが　私のすべて

それが誰にもわからなくても

———なんにも無くても、
空がある！

夢みるどうぶつ

泳いでることが必要ですよ　いつでもね
自由に浮かんでることが必要ですよ　いつでもね
空を飛ぶことも
仕事をすることも　同じさ

月にも行けます
星にも行けます
生活圏に戻れば　あいさつもします

自由　　自由　　自由

フワリ　　フワリ　　フワリ

これは本当に
いい気持ち！

つららの一片　かな
はちみつの一かけ　かな
そんなものを少しづつもらって
誰も教えてくれなくていい
自分で精製するのさ

でも　たまにドカンと
びっくりするほど大きなのを
くれる人がいる
にっこり笑って　惜し気もなく
そして　まるで魔法みたいに
鮮やかに謎解きしてくれる

そんな人は必ず後ろ姿ばかりだけど
その幸運は　ずっとずっと
かみしめているべきだよ

感じないのが得
なんて
バカのきわみだ

考えないのが利口
なんて
バカのきわみだ

とことん感じれば
こんなに嬉しい

とことん考えれば
こんなに楽しい

確かに　とても大きな力が要るけれど

ほら
みんな　うらやましそうな顔
してるだろ

The Sun & The Moon

ある高名な博士が「今後1000年以内に人類は滅亡する」
と宣言した
その4日前には　ある信頼するに足りそうな機関が
「ほ乳類の24%が絶滅の危機にある」　と報告した
どうしてこんなことになったのか？
ほんの10年前には　そんなこと考えもしなかっただろ

その少し前に私は知った
地球は10億年後に消滅し
人類はそのはるか以前に全滅し
そのことを知って　私は少し涙ぐんだ
これは口に出してはいけないことだと思っていた
多くの予測はあっけなくはずれ
でも　このことは大きくははずれない
きっともう言わなければいけない
みなが後悔することなく　生をまっとうするために

＊

彼女が服をあつらえている間
彼は苦しみにのたうちまわり
恋人たちがベッドにもぐりこんだ瞬間
子どもがガレージで首を吊る
こんな信じられるもののない世界に
気も狂わせず　スマートでいつづけろと要求する
それはあまりにも心無いこと
壊れても　破れても
誰も責められるものではない

SF 5　　オカルト 3　　コメディ 1　　ロマンス 1
こんな世の中でなおも長生きしたいと
薬をのみつづける人々
これからまた別の戦争が始まるんだぜ
と何度言っても　頭の仕様が変わってしまって
キレ味のいいファッションにプラスチックな微笑
駅のコンコースをすごいスピードでかっ歩する人たち
恐れは一つ一つの胸に閉じ込められたまま
日曜日　デパートはにぎわっている

空の藍色が濃くなっていく

幸いにも月は浮かび
サラサラした光を浴びて月と交信する間だけ
許される　つかの間の夢を見る

＊

月曜の朝
光を増した太陽がすべてを照らす
知れば知るほど　痛みが増す
瞬間瞬間に痛みを感じる
トラックの横を散歩する犬が　排気ガスを肺いっぱい吸い
かわいい花は　品種改良で変形し
海鳥はビニールを飲みこんで死んでゆく
地上では人工がすべてを支配していく
幸福な存在はもはやどこにもなく
ますます小さくなっていく声
ますますしぼんでいく希望
アイロンでやけどした皮フの下には
まだ新しい皮フが再生している
私は生きている

せめて　彼らがなにも知らない間に
とりかえしのつかないところまでいきませんように
祈るような気持ちで　電車に飛び込み
イスが空いてれば
眠りにおちる
多分もう一生とれることのない疲れとともに
「死を思え」と　かの有名な誰かが言った
18世紀？　19世紀？
もうページをめくって調べる時間もない

草の匂いと
まだ少しだけ残されているやさしさ
それを思い出して　分かち合えたなら

＊

いのちを燃やせ
おまえのいのちを燃やせ
いっぱい笑ったり
いっぱい感じたりして
静かに　明るく

そして　十分に！

燃やし尽くしたあと
黄色い太陽と　白く輝く月の記憶をもつ
おまえのきれいなちりとほこりから
また次のなにかが　生まれてくる
地球がなくなった　そのあとでも
それでも

どうぶつのこころに
いつもきいている
秘密があるのなら
おしえてほしいと

森にねむり
川であそび
つらい思いばかりしてなくても
楽しいことがあれば
笑っていてもいい

ひだまりの中
静かに待っている
ほんとうの *wisdom* が
目を覚ますまで

この詩集の背景

なぜこんなに生きづらいのだろう。というのがずっと長い間疑問でした。子どもの頃は楽しくて、イヤなものがどこにもなかったのに、80年代あたりから様子がおかしくなってきて、社会の空気みたいなものがすごく変わってしまった……。

15年ほど前東欧で社会主義国家が次々と倒れてからしばらく経った頃、雑誌を読んでいて目がとまった、フランスの精神分析家／哲学者フェリックス・ガタリのインタビュー記事。「社会主義国が崩壊した原因は、オルタナティブな価値観を展開しえなかったこと。資本主義国の人々も、商業的な価値観やメディアに押しつけられたライフスタイルしか選べなくなれば、集団自殺に追い込まれるでしょう」――ガタリのこの言葉は、以来ずっと頭の中にあります。

この居心地の悪さは、物質的な豊かさと経済優先一辺倒で自然を破壊しものを生産しつづけ、自分たちの中の自然を見失い、大きな自然の摂理に背くような生き方をするようになってしまった、その不自然さに対しての自然ななりゆきだったのだろう。日本は戦後工業立国、貿易立国による経済成長を急激に推し進めてきたために、それが顕著に見られるのだろうと、ようやく自分の中で整理がついてきたような気がします。しかし悪いことに、その不自然さは急激に拡大し、とうとう世界中を覆い尽くす勢いにまでなってしまいました。世界規模でガタリの言葉が現実になりつつあるかのようです。
この詩集にある詩と絵は、そんな環境下、94年から2002年までの間、そのときそのときに感じたり考えたりしたことをかきあげてきたものです。

そしてその後も、これまで考えられなかったような大きな変化や出来事が次々と起こっています。地球全体に対しての人間の存在の圧力が空前となり、巨大な問題が山積しています。これからどうなるか本当にわからない。けれども、自分たちも地球上の自然の中に生きる動物なのだということをきっちり認め、謙虚になることなしに、みなで幸せに生きていくことはできないだろうと思います。分かち合い、素朴に生きること。それができるかできないかで、これからの世界のありようは全く違ってくると思います。私たち自身の体の中にある「自然」と「本能」がとても重要になってくると思います。なにが本当なのかを感じることが。

「革命的ロマン主義」という詩と詩集のタイトルは、図書館で見つけたフランスの哲学者アンリ・ルフェーブルの論文集のタイトルからもらいました。「革命的ロマン主義」とは、今まだ目の前にない可能なものにとりつかれた人間であることだ、とルフェーブルは言っていて、私はまさにそれだったのです。そして他にも同じような人たちがあちこちに散らばっていると思うのです。

この「革命的ロマン主義」は今回の紙の本とともに、㈱ボイジャーの電子書籍「ドットブック」としてもインターネット上で公開・販売しています。私、またはボイジャーのＨＰでご覧いただけますので、是非アクセスしてみてください。
ボイジャー「理想書店」 http://www.voyager.co.jp/dotbook/books

今後もこうした「本」や、また別の形でも、可能な限り、自分の考えついた”いい”と思われることを表現、発表していければと思っています。応援いただけましたら幸いです。

これからどんな世界になっても、明るくきれいな生命力とやさしさでもって、みなが生きていくことができますように。

それでは、また！

2004年4月

泉舘　朋子
HP: http://www.hearts-words.jp

泉舘　朋子（いずみだち　ともこ）

1964年愛知県尾西市に生まれる。

1997年　第1詩集「JAPAN」（文藝書房）出版

1998年　PARCO URBANART#7 入賞

1999年　個人HP開設、メールマガジン発行開始

革命的ロマン主義

2004年5月14日　初版発行

著者　泉《いずみ》舘《だち》　朋《とも》子《こ》

発行　hearts & words　泉舘 朋子
〒491-0057 愛知県一宮市今伊勢町宮後字郷中茶原 503-1-301
tel.&fax: 0586-46-6706
e-mail: tom@hearts-words.jp
HP: http://www.hearts-words.jp

発売　英治出版株式会社
〒150-0031 東京都渋谷区桜丘町 8-17 シャレー渋谷 A302
tel.: 03-5784-6482 fax: 03-5784-6483
HP: http://www.eijipress.co.jp

印刷　株式会社平河工業社
　　　凸版印刷株式会社

ISBN4-902146-00-2